U0106165

有故事的漢字

The Origin and Evolution of
Chinese Characters

|走進生活篇|

邱昭瑜

編著

新雅文化事業有限公司
www.sunya.com.hk

作者的話

　　一個深深陶醉於中國文字之美的人，曾許下心願，要將這份對文字的誠摯之愛傳遞出來。《有故事的漢字──走進生活篇》是一顆經由心願孕育出來的種子，希望這顆心願種子可以散發出去，在讀者的心中生根發芽。

給小朋友的話

小朋友，考考你！你知道在文字發明以前，古人是怎樣傳遞消息嗎？

你有沒有聽過「結繩記事」？在很久以前，人們曾經用在繩子上打結的方法，來記錄事情。譬如說，甲村落跟乙村落訂下契約，一年後乙村落要送五頭羊給甲村落，雙方就各拿一段一樣長的繩子，在繩子上相同的地方打上五個同樣大小的結，等時間到了，雙方再拿繩子共同回憶這些繩結表示什麼意思；不過這樣也很不保險，因為所有事情都用繩結來記錄，雖然繩結有大有小、打結的地方也不一樣，可是日子久了，也難保每段繩結代表的意思都可以記得正確無誤。

另外，人們還用畫畫的方式來傳遞消息，可是這也不是一個很好的方法，因為你也知道一幅畫用多大的空間、花多久的時間來畫，而且也不是每個人都很會畫畫，萬一想畫老虎，畫出來卻變成恐龍，傳遞錯誤訊息就糟了！

幸好，人類還是很聰明的，他們發明了簡筆畫，就是把物體的樣子畫一個大概，能夠知道是什麼意思就可以了；可是大家的簡筆畫卻畫得不大一樣，以太陽來說吧！有人喜歡畫一個圓圈，有人畫圓圈裏加上一點，還有人不但圓圈裏加了一點，圓圈周圍還要畫上萬丈光芒，這可怎麼辦好呢？

別急！當碰到眾人意見不同時，總該有人出來領導統一吧！那個人啊，相傳就是黃帝的史官，名叫倉頡。

後代子孫根據倉頡整理統一的這些文字，發現文字的

創造原來是有一些規則的，那就是象形、指事、會意和形聲。

象形，就是按照物體的樣子來畫。像「木」這個字，最原始便是畫一棵葉子掉光，只剩向上伸展着樹枝和向下生長着樹根的樹。

指事字呢？就是要指出這個物體的重點所在。譬如刀刃的「刃」字，是在一把刀上加一點，那一點就是要特別指出這把刀的刀刃很鋒利噢！

會意字又是什麼呢？就是你看了這個字，然後在腦袋中想一下就可以知道它表示什麼意思！譬如休息的「休」字，畫的就像一個人靠在大樹下休息，是不是很容易了解呢？

最後，說到形聲字。你可聽過「有邊讀邊，沒邊讀中間」的說法吧？中國字有約百分之九十是形聲字，形聲字一部分是表示它的類別、一部分是表示聲音，譬如唱歌的「唱」字，唱歌是用嘴巴唱的，所以就有了「口」當類別，旁邊的「昌」音是不是跟「唱」音很相近呢？

開始覺得中國字很有趣了吧？讓我們翻開這一本書，知道更多關於中國文字的奧秘吧！

目　錄

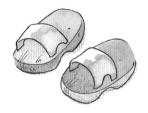

huáng

皇

「皇」字是畫王者頭上戴着皇冠，端莊、嚴肅地坐着。「皇」字的下面是「王」，甲骨文裏，「王」字畫的就像一個王者端坐着，寬大的皇袍垂下來「大」。「皇」字最早可追溯到金文，在金文中「皇」字的上面是「屮」，「川」表示皇冠，「口」畫的是皇上的頭，把頭畫大一點是為了特別標明這個頭上戴着皇冠。

給小朋友的話：

你知道中國歷史上有過哪些皇帝嗎？他們有的功勳彪炳、流芳百世；有的昏庸懦弱、遺臭萬年。你最喜歡的是哪一位？為什麼呢？

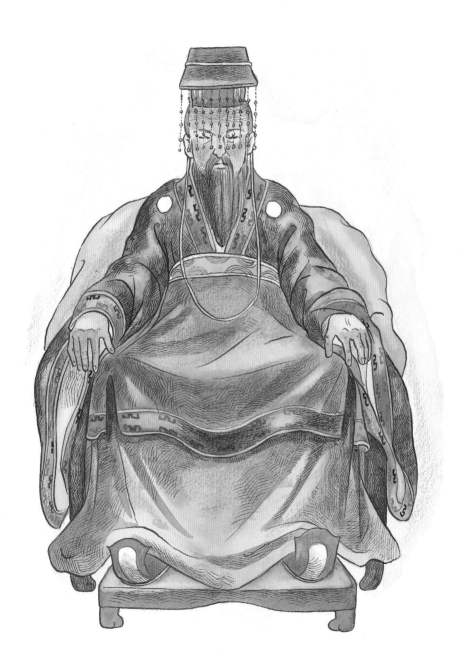

fēng

封

當你看歷史古裝劇時，常可以聽到「封王」、「封侯」的說法，究竟王、侯為什麼要用「封」的呢？原來古代是依照爵位的高低來賞賜土地，讓這些王侯可以自己治理領土上的人民和收賦稅。「封」字左邊畫的就是被用來當作疆界分隔的林木，右邊的「寸」則有法度的意思，是指封疆授土必須按照一定的制度。

給小朋友的話：

古代常有一些志向遠大的將軍，他們在遙遠的邊疆立下很大的汗馬功勞，最後可以「封侯萬里」。你知道中國古代有哪些威武的大將軍嗎？

10

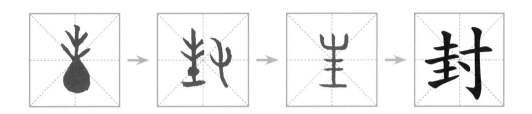

shǐ

史

以前古代的史官要負責把重要的事情或言論記載下來，「史」字畫的就是一隻手拿着記載用的案卷。「史」字的上面是「中」（古代官府的簿本就叫「中」），下面是一隻手「ㄋ」。

關於「史」字的另一種說法是記載史事的人立場要保持中正客觀，所以「史」字的「屮」表示的就是拿筆直書（正直地書寫）的樣子。

給小朋友的話：

歷史記載着人類的生活與智慧，常看歷史書籍可以吸取前人做人處世的經驗。你可以從看偉人傳記開始噢！

◎「史」字的演變過程：

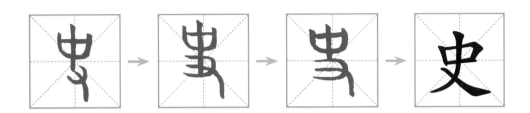

mù

牧

「牧」是一個人手拿鞭子趕牛去吃草，它本來的意思是指「養牛的人」。「牧」字的左邊是「牛」，右邊是「攵」——是用手「ㅋ」拿着鞭子「乀」的樣子。古時候通常是由小孩趕牛去吃草喝水，所以就有了「牧童」這樣的稱呼。牧童在趕牛的時候手裏要拿着一條鞭子，好把牛羊驅趕到水草豐盛的地方。

給小朋友的話：

你知道中國北方的遊牧民族嗎？他們為了要找尋豐盛的水草來餵養牲畜，必須常常遷居。你對他們的生活好奇嗎？

◎「牧」字的演變過程：

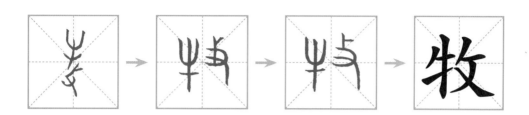

yú

漁

「漁」是捕魚的意思，在甲骨文裏畫的就像一個人手裏拿着一條線正在釣魚；到了金文時，就換成了兩隻手伸到水裏去捉魚了；然後再演變到小篆，就把下面的兩隻手去掉，只保留「魚」和「水」，成了今日所見的「漁」字。

給小朋友的話：

有沒有聽過「鷸蚌相爭，漁翁得利」的故事呢？這個故事給你怎樣的啟示呢？

◎「漁」字的演變過程：

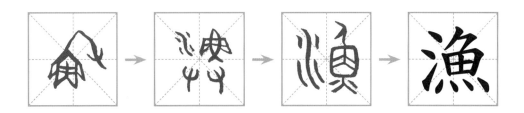

yùn
孕

「孕」是指女人懷胎的意思，從甲骨文的「孕」字造形中，可以非常清楚地看到一個大着肚子的女人正跪坐着，她圓圓大大的肚子裏還有一個小孩子。閩南語稱女人懷孕叫「有身」，就是指一個身體裏還有另一個身體。懷孕是人來到世上的初始，所以「孕」字有初始、哺育的意思。

給小朋友的話：

哺乳類動物都會經由懷孕來生下後代，陸上的哺乳類動物很多，可是你知道海裏的哺乳類動物有哪些嗎？

◎「孕」字的演變過程：

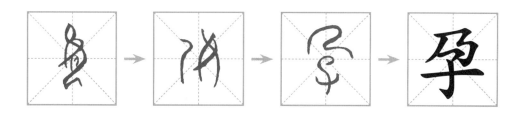

bīn
賓

「賓」就是客。賓客拜訪主人時，通常會帶見面禮。在甲骨文中的「賓」字，畫的是主人「ㄥ」從室內「∩」走出去迎接客人「Ｙ」（即「止」字，是腳的意思，這裏用來表示客人）；到金文時，「賓」字就跟現在較相近了，畫着在屋裏的主人走出屏風「一」，去迎接帶着禮幣「貝」的客人（「貝」在古代是一種貨幣，這裏用來表示貴重的禮物）。

給小朋友的話：

「賓至如歸」是指客人受招待的感覺，就好像在自己家裏一樣舒適、自在。你有自己招待過客人嗎？你用怎樣的方式招待他們呢？

◎「賓」字的演變過程：

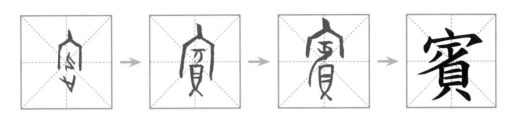

kòu

寇

甲骨文的「寇」字，畫的是一幅盜賊正在燒搶劫掠的圖畫。「寇」字上面畫的是一間房子的屋頂正燒着熊熊大火，屋子裏則有盜匪手裏拿着武器「🔨」，正在搶奪珠玉「王」和寶物「由」；「寇」字演變到小篆時，就變成了「完」與「攴」（打擊）。意思指必須將他完全擊敗的人，就是寇匪。

給小朋友的話：

「寇不可玩」是指對於外來的敵人要提高警覺，不能掉以輕心（「玩」是輕忽、放鬆警覺的意思）；我們對於周遭言行怪異的陌生人也要提高警覺，才能好好的保護自己噢！

◎「寇」字的演變過程：

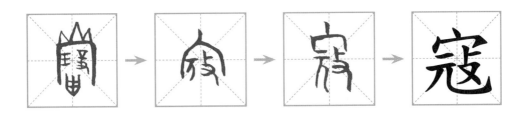

zhòng
眾

數目很多就叫「眾」。在古文中,「眾」的字形看起來就像三個人站在一起的側面,上面是眾人的眼睛「罒」。在古文中重複三個相同的符號就有「多」的意思,所以重複三個「人」就產生「眾人」的意思。而眼睛是靈魂之窗,很多人站在一起凝聚的目光可產生令人畏懼的力量,所以「眾」又有多、大的意思。

給小朋友的話:

「眾志成城」是指眾人同心就可以共同築成一座城堡,比喻團結一致必能獲得成功,所以團結的力量是很偉大、可貴的。

◎「眾」字的演變過程：

míng 名

古時候不像現在，入夜之後，燈光還可以亮得跟白天一樣，因此在夕陽西下以後，天色漸漸暗了，人與人在路上相遇，因為不知道對方是誰，所以要出聲說出自己的名字，用來辨別身分。「名」字便是由「夕」與「口」組合而成的，在夕陽落下、天色暗了之後，要張開嘴巴喊叫的就是「名」了。

給小朋友的話：

你有沒有學才藝呢？記得「名師手下出高徒」喲！在名師的門下，除了要學習老師的知識技巧，自己也要努力練習才能變成「高徒」噢！

gòng

共

dāng wǒ men xiǎng gēn bié rén gòng xiǎng dōng xi shí，cháng huì yòng shuāng shǒu
當我們想跟別人共享東西時，常會用雙手

pěng zhe，gōng jìng de fèng shang。gòng zì zài gǔ wén zhōng，huà de
捧着，恭敬地奉上。「共」字在古文中，畫的

jiù shì yòng shuāng shǒu ná zhe dōng xi de yàng zi，yīn
就是用雙手「ㄍㄨ」拿着東西「口」的樣子，因

wèi yǐ shuāng shǒu chí wù biǎo shì gōng jìng，qí tā yǒu gòng piān páng de
為以雙手持物表示恭敬，其他有「共」偏旁的

zì，lì rú：gōng jǐ de gōng、gǒng shǒu de
字，例如：「供給」的「供」、「拱手」的

gǒng、gōng jìng de gōng yě dōu dài yǒu jiāng wù pǐn gěi
「拱」、「恭敬」的「恭」也都帶有將物品給

rén huò gōng jìng de yì si
人或恭敬的意思。

gěi xiǎo péng you de huà
給小朋友的話：

chú le bù shǒu wài，hái yǒu yì xiē zì yě kě yǐ shēng chū qí
除了部首外，還有一些字也可以「生」出其

tā yì si gēn tā yǒu diǎn guān xì de zì ne！liǎo jiě le zhè diǎn，dāng nǐ
他意思跟它有點關係的字呢！了解了這點，當你

pèng dào bú rèn shí de zì shí jiù kě yǐ wán chāi zì de yóu xì，lái
碰到不認識的字時就可以玩「拆字」的遊戲，來

cāi cāi tā zhēn zhèng de yì si
猜猜它真正的意思。

◎「共」字的演變過程：

yǔ

與

「與」字本來的意思是指「給與」。在甲骨文中，可以很清楚的看到是一個人伸出兩隻手「㕚」，把東西「Ħ」拿給另一個也伸出兩隻手「㕚」來接東西的人，因為授與的東西是財物之類的，表示這兩個人的關係很親近，所以「與」字也有「朋黨」的意思，是指同類或關係深厚的朋輩。

給小朋友的話：

「與眾不同」比喻很特殊、跟一般人不同。古往今來有很多成功的人其想法、作法都是與眾不同的，你知道有哪些人嗎？他們獲得成功的原因是什麼？

◎「與」字的演變過程：

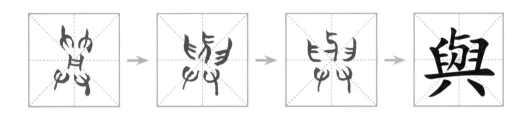

xìng

興

大家同心協力地推舉一件事，就是興起的
意思。在古文中，「興」字畫的就是四隻手
「𦥑」共同把一個東西「凵」推舉起來，表示
集合眾人的力量，一同去實行一件事。就像中
國古代「少康中興」夏朝一樣，只要大家同心
協力，事情就可以圓滿達成，所以「興」字就
有發起、發動、昌盛的意思。

給小朋友的話：

「興風作浪」原本是指神話裏的妖魔鬼怪運
用法術興起風浪，現在則比喻到處惹事端、引起
糾紛。你有時是不是也會「興風作浪」，讓父母
傷腦筋呢？

◎「興」字的演變過程：

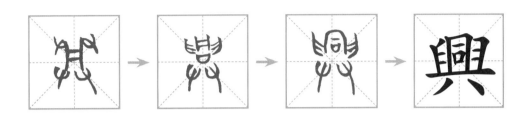

xiàn

陷

金文的「陷」字畫的是一隻老虎「」掉到陷阱「」裏的樣子；演變到了小篆時，「陷」字的形體就和現在看到的比較相近了，左邊是「鄰」（阜），有高處的意思，右邊看起來就像一個人「」掉到陷阱「」裏。從高處往下掉落到地下的坑洞就叫「陷」，例如陷落。

給小朋友的話：

你知道油條的由來嗎？傳說岳飛是被秦檜用「莫須有」的罪名陷害致死的，後人為了懲罰秦檜，就用麵粉捏成秦檜夫婦的樣子丟到油鍋裏炸，炸出來就是油條。所以做人一定要光明正大不可以陷害別人噢！

◎「陷」字的演變過程：

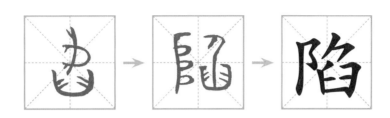

zhōu

舟

「舟」就是小船，最原始的舟是把大木頭中間挖空，裏頭可以載人或東西渡過河水。在甲骨文和金文裏，「舟」字畫的都像橫着的小船；演變到小篆時，因為橫寫不方便，就把「舟」立起來改成直寫，上面的一撇表示船的帆桅（豎立在小船上高高的木頭），中間則是船艙。

給小朋友的話：

「同舟共濟」是比喻在艱險的處境中，大家團結一致、一同戰勝困難。這也是團結力量的發揮。

◎「舟」字的演變過程：

chē

車

古人乘坐的車是用動物去拉的，最原始的時候只有兩個輪子，因此「車」字就是根據車子的外形來造的。在甲骨文裏有的「車」字畫的是有車箱的車子，有的則只畫車子的兩個輪子；到金文時，「車」字就演變成比較像現在的字形，上下兩個「一」表示車輪，中間的「日」是車箱，從中間一貫的「｜」則表示輪軸。

給小朋友的話：

「車到山前必有路」是用來比喻事到臨頭，自然就會有解決的辦法。所以當你碰到挫折或考驗時，千萬不要灰心，跟父母師長商量，或許他們可以提供你解決的方法噢！

◎「車」字的演變過程：

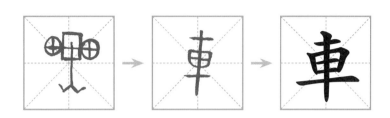

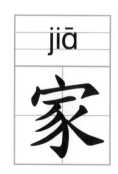

jiā

家

「家」字的下面是一隻豕（豬），這是因
為古代家家戶戶都有養牲畜供祭祀用或幫助生
計，所以在古代要問平民的財富有多少，只要
知道他養多少牲畜就可以計算出來了。而且豕
又常常被用來表示整體牲畜的代稱，所以「家」
字的下面就有了一隻豬，上面是房子的外觀。

給小朋友的話：

「家喻戶曉」是指人人都知道的人或事。在
你認識的人中，有沒有這樣的人？他們有什麼讓
人傳頌的事跡呢？你想不想成為這樣的人呢？

◎「家」字的演變過程：

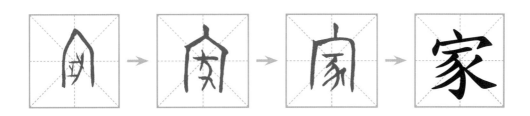

mén

門

「門」是指有兩扇門板可以開關的門，現在這樣的門已經很少見了，大多在寺廟或比較古老的建築才可以看到，這種門在關的時候通常是用一根長木條把它扣住，所以就有了「閂」字。現在常看到的門是單扇的，在古代這樣的門稱作「戶」（戶），是「門」的一半；現在門與戶已經不分了，有時甚至合稱為「門戶」。

給小朋友的話：

「門禁森嚴」是形容門口的戒備和防範很嚴密。小朋友，你有回家的門禁時間嗎？你認為有門禁時間好嗎？你會不會遵守呢？

◎「門」字的演變過程：

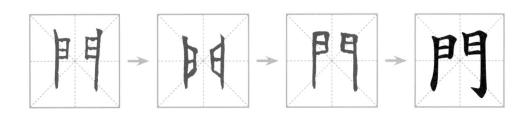

mào

帽

「帽」是戴在頭上用來保護頭部安全或溫
暖的東西。古文「帽」字本來寫作「冒」，上
面畫的是帽子的形狀、下面則是眼睛；後來為
了要特別指出這個帽子是用布帛做成的，就再
加上一個「巾」字旁。在古代，男子要到年滿
二十歲的成人禮才能開始戴冠，之前都是戴帽
子的，戴帽子比較不正式，所以帽子的製作樣
式也可以不受限制。

給小朋友的話：

現在的帽子已經不限定用布帛當材料來製作
了，所以帽子的造型也更五花八門。你知道很多
時候帽子是要看場合戴的嗎？

44

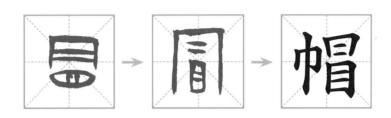

昌 → 冒 → 帽

45

yī

衣

gǔ dài de yī fu zào xíng gēn xiàn dài bú dà yí yàng，cóng gǔ zhuāng
古代的衣服造型跟現代不大一樣，從古裝
jù li，nǐ kě yǐ kàn dào gǔ rén de yī fu yǒu liǎng piàn yī jīn kě yǐ
劇裏，你可以看到古人的衣服有兩片衣襟可以
jiāo fù yǎn gài zhù，rán hòu xià mian zài yòng yī dài shù qǐ lai。gǔ wén
交覆掩蓋住，然後下面再用衣帶束起來。古文
de「yī」zì huà de jiù shì yī fu de yàng zi，shàng mian de
的「衣」字畫的就是衣服的樣子，上面的「ㅅ」
shì yī lǐng，xià mian de 則表示兩片交覆掩蓋的
是衣領，下面的「乀」則表示兩片交覆掩蓋的
yī jīn
衣襟。

gěi xiǎo péng you de huà
給小朋友的話：

xiàn zài de xiāng gǎng jīng jì hěn fù yù，suǒ yǐ dà bù fēn de rén dōu
現在的香港經濟很富裕，所以大部分的人都
kě yǐ「fēng yī zú shí」，zhè shì xiāng gǎng rén de nǔ lì yǔ fú qì，
可以「豐衣足食」，這是香港人的努力與福氣，
néng yǒu zhè yàng de shēng huó tiáo jiàn wǒ men dōu yīng gāi zhēn xī
能有這樣的生活條件我們都應該珍惜！

◎「衣」字的演變過程：

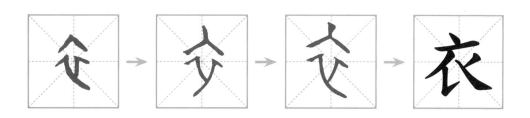

蓑

在以前還沒有塑膠雨衣的時候，下雨天都是穿「蓑衣」來擋雨，蓑衣是用草編成的。金文的「蓑」字畫的就像蓑衣的外形，中間的「朮」表示結草編織的花紋形狀；演變到小篆時，「蓑」字就由衣「衣」與「朮」（結草編織的形狀）組合成；現在常看到的「蓑」字則添了個「艸」字頭，用來強調它是用草編織成的。

給小朋友的話：

看過蓑衣嗎？蓑衣編織得很緊密，可以用來防雨，當然它也很重。你可以在展示農村生活的展覽館裏看到它噢！

◎「蓑」字的演變過程：

yùn

熨

gǔ dài méi yǒu diàn rè yù dǒu　　suǒ yǐ xū yào bǎ yī fu yù píng
古代沒有電熱熨斗，所以需要把衣服熨平

shí　　jiù huì ná yí ge tóng huò tiè zuò de dǒu　　zài dǒu li fàng sháo rè
時，就會拿一個銅或鐵做的斗，在斗裏放燒熱

de mù tàn　　xiān bǎ yī fu pū hǎo　　zài bǎ tóng dǒu yā zài yī fú shang
的木炭，先把衣服鋪好，再把銅斗壓在衣服上

yí dòng　　lì yòng tóng dǒu sàn fā de rè lì bǎ yī fú yù píng　　zhè ge
移動，利用銅斗散發的熱力把衣服熨平。這個

zì zuì yuǎn zhǐ néng zhuī sù dào xiǎo zhuàn　　zài xiǎo zhuàn li zhè ge zì de yòu
字最遠只能追溯到小篆，在小篆裏這個字的右

shàng fāng shì yì zhī shǒu　　zuǒ shàng fāng shì yí ge tóng dǒu　　xià mian de huǒ
上方是一隻手，左上方是一個銅斗，下面的火

biǎo shì yù yī fu shí tóng dǒu bì xū shì rè tàng de
表示熨衣服時銅斗必須是熱燙的。

gěi xiǎo péng you de huà
給小朋友的話：

gǔ rén de zhì huì shì hěn lìng rén zé zé chēng qí de　　ér qiě gēn shēng
古人的智慧是很令人嘖嘖稱奇的，而且跟生

huó dōu yǒu hěn mì qiè de guān xì　　xiǎng zhī dào gǔ rén shì zěn yàng bǎ zhè xiē
活都有很密切的關係。想知道古人是怎樣把這些

zhì huì yùn yòng zài shēng huó lǐ　　kě yǐ duō kàn kàn zhōng guó gǔ dài de gù shì
智慧運用在生活裏，可以多看看中國古代的故事

ō
噢！

50

◎「熨」字的演變過程：

bǐ

筆

「筆」在古代專指毛筆，大多用竹管製成，下面多用狼毛或羊毛，所以常常可以聽到這隻毛筆是狼毫筆或羊毫筆。「毫」是指動物的細毛，狼毫比較硬、羊毫比較軟。「筆」字的下半部在小篆的字形中畫的就像一隻手拿着毛筆，上面的「竹」字旁則用來特別表示這是用竹管製成的筆。

給小朋友的話：

「筆走龍蛇」是指大筆一揮就能呈現龍蛇舞動的神態，用來形容書法寫得很生動。你會寫書法嗎？練書法不僅可以訓練耐力，還會讓以後的硬筆字寫得比較好看呢！

◎「筆」字的演變過程：

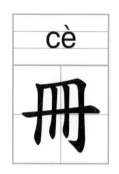

cè

冊

gǔ shí hòu de shū cè shì bǎ xiāo chéng yí piàn piàn de zhú zi， yòng
古 時 候 的 書 冊 是 把 削 成 一 片 片 的 竹 子， 用

shéng zi huò pí tiáo chuān qǐ lai biān chéng de。 cóng gǔ wén 「cè」 de zì
繩 子 或 皮 條 穿 起 來 編 成 的。 從 古 文 「冊」 的 字

xíng zhōng yǐn yuē kě yǐ kàn dào zhú jiǎn shū de yàng zi， zhí de yì tiáo tiáo
形 中 隱 約 可 以 看 到 竹 簡 書 的 樣 子， 直 的 一 條 條

de shì zhú jiǎn， tā men yǒu zhǎng yǒu duǎn pái liè zài yì qǐ， bìng bú shì
的 是 竹 簡， 它 們 有 長 有 短 排 列 在 一 起， 並 不 是

qí píng de， zhōng jiān héng de jiù shì shéng zi huò pí tiáo， guàn chuān qǐ lai
齊 平 的， 中 間 橫 的 就 是 繩 子 或 皮 條， 貫 穿 起 來

jiù chéng le yì běn shū。 zài mǐn nán yǔ zhōng 「dú shū」 dú zuò 「dú
就 成 了 一 本 書。 在 閩 南 語 中 「讀 書」 讀 作 「讀

cè」， 「cè」 yě shì jì suàn shū jí de dān wèi。
冊」， 「冊」 也 是 計 算 書 籍 的 單 位。

gěi xiǎo péng you de huà
給 小 朋 友 的 話：

gǔ shí hòu xiě shū cè shì xiān bǎ yí piàn zhú piàn ná qǐ lai cóng shàng xiě
古 時 候 寫 書 冊 是 先 把 一 片 竹 片 拿 起 來 從 上 寫

dào xià， yí piàn xiě wán hòu bǎ tā fàng dào yòu shǒu biān， jiē zhe zài ná xià
到 下， 一 片 寫 完 後 把 它 放 到 右 手 邊， 接 着 再 拿 下

yí piàn lái xiě， děng quán bù xiě wán hòu zài yòng pí shéng bǎ tā men biān zài yì
一 片 來 寫， 等 全 部 寫 完 後 再 用 皮 繩 把 它 們 編 在 一

qǐ， suǒ yǐ zhōng guó zì de shū xiě fāng xiàng shì yóu shàng wǎng xià， yóu yòu zhì
起， 所 以 中 國 字 的 書 寫 方 向 是 由 上 往 下、 由 右 至

zuǒ。
左。

◎「冊」字的演變過程：

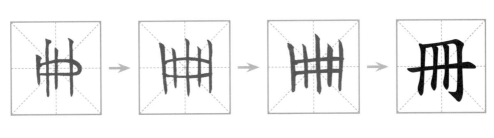

diǎn

典

「典」字在古文中的寫法跟「冊」字有點像，因「典」也是書籍，不過它比一般的書籍還要重要、珍貴，比如字典或是古代聖賢傳下來的經典，所以要用雙手捧着以示對它的敬重。在甲骨文裏，「典」字畫的就是用雙手捧着書冊；演變到金文時，雙手變成了一個「廾」，這是專門用來收藏珍貴典籍的器具，也更可以看出古人對典籍的重視了。

給小朋友的話：

現在書籍的出版越來越方便，你可以看到的書也越來越多，有一些書是從古到今一直流傳下來的，我們稱這些書為「經典」或「名著」，你可以請父母師長介紹一些經典名著來閱讀噢！

56

◎「典」字的演變過程：

hú
壺

「壺」在古代是指盛酒漿的瓦器。這是一個象形字，從古文「壺」的字形中，我們可以很清楚的看到最上面是壺的蓋子，然後再下來是壺比較細長的頸，和圓圓大大的肚子，壺的兩旁還有耳朵，可以讓拿壺的人很方便地執拿。

給小朋友的話：

「壺」與「壼」字形體很相近，「壼」指宮中的道路，字體中的「亞」原本寫作「⊞」，畫的是宮中被四面圍牆包住的通道，所以當你在寫「壺」字時注意別多寫一橫了。

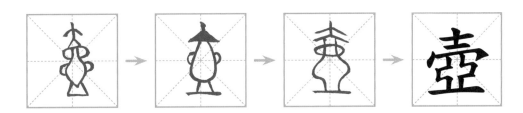

zūn

尊

「尊」的本來意思是指古代的一種酒器，這種酒器專供祭祀或款待賓客時使用，所以後來「尊」字也引申有尊敬、恭敬的意思。「尊」的甲骨文字形畫的就是兩隻手「艸」捧着酒尊「酉」的樣子，用兩隻手來捧這件酒器，可見態度是非常地恭敬，而可以被這樣款待的賓客，身分也一定是很顯貴、崇高的。

給小朋友的話：

「尊師重道」是指要尊敬老師，以及老師所講的聖賢之道。其實在我們的生活周遭，只要有才能、有智慧的，我們都要尊敬他，並跟他學習。

◎「尊」字的演變過程：

尊 → 尊 → 尊 → 尊

61

zhǒu

帚

「帚」就是掃把。從甲骨文中可以清楚地看到，這支掃把被倒放着，下面是掃把的柄「人」可以站立，上面則是掃把可供掃除用的部分「ヨ」，中間的「冖」則是用來放置掃把的架子；掃完地後把掃把放在固定的架子上，這樣下次要用時就不會找不到了。「帚」字現在很少用了，加了「扌」（手）的偏旁後，就更指明了這支掃把是用手拿的。

給小朋友的話：

你知道彗星又叫「掃帚星」嗎？因為它拖着一條長長的尾巴，看起來很像掃帚的樣子。你有看過彗星嗎？知道它是怎樣形成的嗎？

◎「帚」字的演變過程：

dāo

刀

「刀」是一個象形字，畫的是一把刀子側面的形狀。我們可以由這個字形看到上面的刀柄，右邊的刀背和左邊一撇表示刀鋒。至於刀刃的「刃」字比「刀」字在刀鋒的地方多了一點，則是用來指出這是刀最鋒利的地方。

給小朋友的話：

在武俠劇裏常常可以看到各種兵器的形貌，「刀」也是古代兵器的一種，像關刀即是。你還見過哪些古代兵器呢？

◎「刀」字的演變過程：

$$刀 \rightarrow 刀 \rightarrow 刀 \rightarrow 刀$$

chuàn

串

把東西連貫在一起就叫作「串」，看過糖
葫蘆或珠子項鍊嗎？都是一個又一個的被連貫
在一起。古文中的「串」字就是畫兩個東西被
串起來的樣子。現在「串」字常被用來當作量
詞，用來指稱被串在一起的東西是一串、兩串
的，這是「串」字原先造字時就有的意思。

給小朋友的話：

你知道在我們日常生活中常常會用到「量
詞」嗎？像個、隻、顆、張……即是，你能夠正
確無誤地運用它們嗎？說說看，你會運用哪些量
詞呢？

◎「串」字的演變過程：

gōng

工

在甲骨文裏，「工」字畫的就像工具的樣子，上面是握柄，下面是盛裝東西的容器，像現在用的鏟子，所以「工」字最初是「工具」的意思；到金文時，「工」字就跟現在很相近了，上下兩條線就像用來測量線條水平的「水平儀」，中間的一豎就像繩子，表示人做事能符合規矩、標準，所以擅長某種技藝的人我們會稱他們為某某工。

給小朋友的話：

「工欲善其事，必先利其器」是指在做某件事之前要先把會使用到的工具準備好，這樣事情才能做得好。

◎「工」字的演變過程：

chōng

舂

「舂」字在古文的字形中看起來就像兩隻
手拿着一根杵在擣臼裏的穀物。穀物在收成之
後要先放在太陽下曝曬，讓它乾燥，接着要食
用的穀物還要把外面的殼去掉，古人就用
「舂」的方式來去殼，譬如稻穀，去掉殼之後
的就是米，而被去掉的殼就稱作「糠」。

給小朋友的話：

我們現在已經很少看到農業社會時用的器具
了，像杵、臼、耙……等等，可以請父母帶你去
農業博物館看看以前用的器具噢！

◎「舂」字的演變過程：

jī
箕

簸箕是古代家家戶戶都會用到的器具，它可以把穀物的糠皮揚棄掉，另一種稱作畚箕的，則拿來裝掃除的塵土枯葉等。「箕」的本字是「其」，「其」字上面畫的是一個簸箕「囟」，下面的「兀」則是畫人的兩隻手拿着簸箕搖動的樣子；後來「其」字被借去表示其他的意思，就另外造一個加「竹」偏旁的「箕」字，來強調「箕」多是用竹子編成的。

給小朋友的話：

很多古代的器物在現代已經不容易看到了，你可以請父母師長帶你去民俗文物館或歷史博物館、故宮博物院等地方，看看古人所使用的器具噢！

◎「箕」字的演變過程：

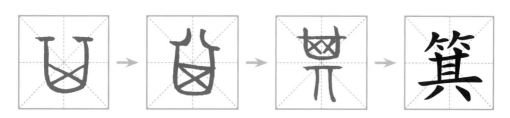

bǎo

寶

很珍貴、貴重的東西就叫「寶」。在甲骨文裏的「寶」字，畫的是藏在屋裏「∧」的貝「⑹」跟玉「王」。「貝」是古代貨幣的一種、「玉」則是寶石；演變到金文的時候，「寶」的字形比甲骨文多了一個「缶」，「缶」是盛酒漿的瓦器，拿來盛裝珠玉財物，當然就更有慎重安置的意思。

給小朋友的話：

「寶刀未老」是指年紀雖然大了，可是精神或本領卻不比年輕時差。小朋友，你知道哪些有名的人物可以用「寶刀未老」來形容嗎？

74

◎「寶」字的演變過程：

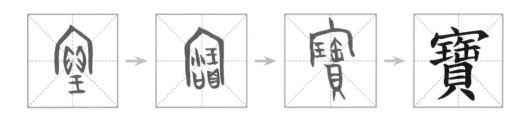

gǔ

鼓

「鼓」這個字在古代是表示打鼓的意思。

在甲骨文裏，「鼓」字的右邊畫的是一隻手拿

着鼓槌，左邊畫的是一個放在架子上的鼓，拿

鼓槌打在繃緊了獸皮的鼓上，就會發出鼓聲。

這個字看起來就像一幅很生動的打鼓圖，後來

「鼓」字較常拿來指這種樂器的名稱，就由動

詞變成了名詞。

給小朋友的話：

你知道中國有哪些樂器嗎？中國的樂器跟外

國的樂器有什麼不一樣？可以比較看看噢！

◎「鼓」字的演變過程：

shè

射

射箭時要先把弓箭架好、弓弦拉滿，瞄準目標，一鼓作氣地發射。甲骨文的「射」字畫的就是一把拉滿弦的弓箭；到金文時，就在弓箭的右邊加一隻手，指明弓箭是用手拉的（古文「又」、「寸」不分，常用來表示「手」）；演變到小篆時，因左邊的字形寫起來跟「身」字很相似，所以就訛變（訛，錯誤）成「身」，也就成了現在所見的「射」字。

給小朋友的話：

「射人先射馬，擒賊先擒王」是比喻處理問題時要先抓住最主要、最關鍵的，這樣事情就可以很容易地解決了。你在處理問題時有沒有也這麼做呢？

◎「射」字的演變過程：

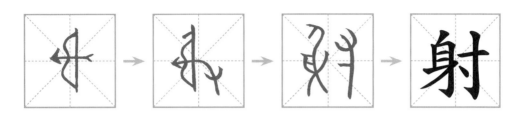

wǎng

網

「網」的本字是「罔」，畫的是張開着的
網子。上面和兩邊「冂」是網子的邊，中間交
叉的部分則是網子的網目；演變到小篆時，因
為網子是拿來田獵或捕魚用的，為了防止獵物
逃亡，因此在這個字形裏加了「亡」，來表示
這個字的聲音和意義；後來「罔」字被借用去
表示其他的意思，就再加上一個「糸」字旁來
強調它通常是由絲製品製成的。

給小朋友的話：

　　「天網恢恢，疏而不漏」是用來比喻作惡的
人逃不過天道或法律的制裁，所以千萬不可以存
着僥幸的心做違背良心的事噢！

◎「網」字的演變過程：

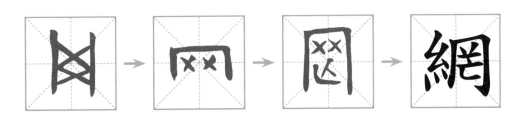

guàn

盥

「盥」是洗手的意思，在古文的字形中，「盥」字看起來就像一個人把兩隻手伸進裝有水的器皿中，把水捧起來清洗手上的髒污。「盥」字上半部的兩邊就是兩隻手「𦥑」，中間是水「⺀」，下面則是一個可以盛水的器皿「皿」。

◎「盥」字的演變過程：

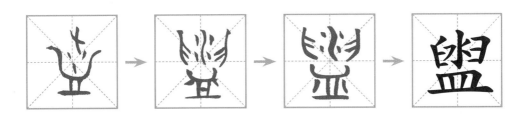

yù

浴

「浴」是洗澡的意思。古人大多在山谷裏
洗澡，所以，「浴」的右邊是個「谷」字，左
邊是「水」，表示在山谷裏用水洗掉身上的污
穢。在甲骨文裏，我們可以看到「浴」的字形
畫的就像一個人坐在大澡盆裏洗澡，那個人的
身上還有幾點小水滴，而澡盆是中央凹進去
的，就像山谷一樣，所以後來「浴」字的右邊
會演變成「谷」也是有跡可循的。

給小朋友的話：

你有沒有養成每天洗澡的好習慣呢？洗澡可
以把身上的髒東西洗掉，也可以促進血液循環，
讓身體更健康更有活力噢！

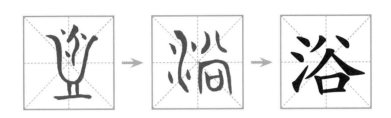

jìn

盡

在甲骨文裏，「盡」字畫的就像東西吃完後，用手拿着洗刷器皿的用具在清洗。因為已經吃完在清洗了，所以就有終了、盡了的意思。「盡」字的上面是手「」和洗滌用具「 」，下面是器皿「 」，這個字看起來就像一幅很生動的圖畫。

給小朋友的話：

做事時要「盡心盡力」，專心且全力投入，這樣離成功就不遠了。

◎「盡」字的演變過程：

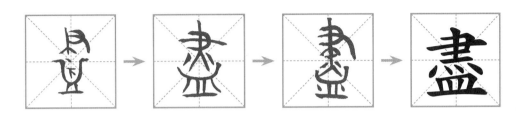

yì

溢

「溢」是指容器裏的水已經滿出來的意
思。它的右邊是「益」字，「益」是由「水」
和「皿」組合成的，「皿」是器皿的意思，
「益」字上面的「水」是橫寫的，表示這水已
經裝滿了器皿，現在左邊再多一個「水」，成
了「溢」字，水就更滿到流出來了，這就是
「溢出」的意思由來。

給小朋友的話：

你有沒有做過「表面張力」的實驗？把杯中
的水加到很滿，因為表面張力，它會呈現一個圓
弧形的緊繃狀態，這時再加一滴水，表面張力超
過它可承受的範圍，水就會流出來了，很有趣
吧！

◎「溢」字的演變過程：

xiàn

羡

「羨」是一個很有意思的字，它的上面是一隻「羊」，用來表示鮮美的食物，下面的「次」是由「水」和「欠」構成的，水指口水，欠則是從人嘴裏呼出的氣，「欠」字的小篆寫做「𣢘」，下面是人，上面的三撇則是從人嘴裏呼出的氣體。「羨」字是看到鮮美的食物時，心裏很喜歡、想要拿來吃，所以口水就流下來了。

90

◎「羨」字的演變過程：

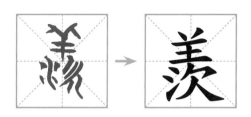

dào
盜

「盜」字跟「羨」字的關係很密切，因為
「盜」字的上面「次」就是由「羨」字而來的。
「盜」的下面是「皿」，也就是器皿的意思。
當一個人看到這個器皿是他很喜歡的，就會產
生很羨慕、想要擁有的心理，當他沒有辦法用
正當手段擁有時，就會想盜取它，來據為己
有。

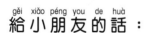

給小朋友的話：

「盜鐘掩耳」是指偷鐘的時候掩住自己的耳
朵就以為別人沒有聽到，這是自欺欺人的想法。
小朋友，做事要光明正大，才能心安睡得安穩
噢！

gǔ
蠱

中國有一些少數民族有養蠱、放蠱的奇異法術，就是把一堆毒蟲養在器皿中讓牠們自相殘殺，最後剩下的那隻毒蟲就是「蠱王」，放蠱時就把牠拿來施法術用。「蠱」原先也是指「毒蟲」，但不是放蠱的那種毒蟲，而是指吃到肚子裏會讓身體生病的害蟲，「蠱」字的上半部有三條蟲（「三」表示「多」的意思），下半部是「皿」，在這裏是指裝食物的器皿。

給小朋友的話：

中國的領土很大，所以有很多民族，這些民族都各有獨特的風俗習慣。你知道除了漢族以外其他民族的奇風異俗嗎？可多了解增加自己的知識噢！

94

◎「蠱」字的演變過程：

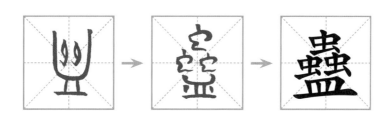

zhí 執

「執」的本義是捕捉、捉拿。從甲骨文的字形中，我們可以看到一個罪犯的兩隻手被銬住；到金文時，左邊的字形就變成一個盜匪的樣子，右邊則是一個人伸出兩隻手來拘捕這個犯人。不論是犯人被銬住或是某人正在拘捕犯人，都有捉、拿、安置、掌理的意思。

給小朋友的話：

「擇善固執」是指選擇好的、對的事去做，且堅持不變。小朋友，你在處理事情的時候會不會擇善固執呢？

◎「執」字的演變過程：

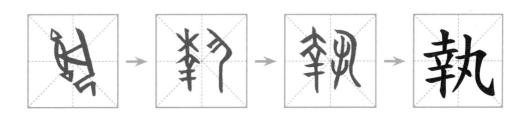

guāng
光

gǔ wén de 「guāng」 zì shì gēn jù rén gāo ná huǒ zhú de yàng zi
古文的「光」字是根據人高拿火燭的樣子

lái zào de 。 bǎ huǒ zhú gāo jǔ ， zhè yàng zi huǒ guāng kě yǐ zhào míng de
來造的。把火燭高舉，這樣子火光可以照明的

dì fang jiù huì bǐ jiào guǎng qiě yuǎn ， suǒ yǐ 「guāng」 zì yě yǒu 「míng」
地方就會比較廣且遠，所以「光」字也有「明」

de yì sī 。 「guāng」 de shàng mian shì huǒ ， xià mian shì rén
的意思。「光」的上面是火「ᗑ」、下面是人

「ᗷ」， huǒ zhú gāo jǔ zài rén de tóu dǐng shang ， huǒ guāng méi yǒu bèi
「ᗷ」，火燭高舉在人的頭頂上，火光沒有被

zhē bì zhù jiù huì hěn míng liàng le
遮蔽住就會很明亮了。

gěi xiǎo péng you de huà
給小朋友的話：

fù mǔ shì bú shì yǒu shí huì jiào nǐ hǎo hǎo yòng gōng ， jiāng lái zhǎng dà
父母是不是有時會叫你好好用功，將來長大

zuò yì fān dà shì yè hǎo 「guāng zōng yào zǔ」 ne ？ nǐ yǒu shén me zhì yuàn
做一番大事業好「光宗耀祖」呢？你有什麼志願

ne ？ jì dé 「háng háng chū zhuàng yuán」 ， bù guǎn zuò shén me ， zhǐ yào nǔ
呢？記得「行行出狀元」，不管做什麼，只要努

lì ， dōu kě yǐ yǒu yì fān chéng jiù yōu
力，都可以有一番成就喲！

◎「光」字的演變過程：

sù

宿

rén dào wǎn shang jiù yào shuì mián xiū xi， 「宿」 zì de jiǎ gǔ
人到晚上就要睡眠休息，「宿」字的甲骨

wén huà de jiù shì wū zi li yǒu yí ge rén tǎng zài cǎo xí shang xiū xi shuì
文畫的就是屋子裏有一個人躺在草蓆上休息睡

jiào。 「宿」 zì shàng mian huà de shì fáng zi de wài guān， zuǒ xià shì
覺。 「宿」字上面畫的是房子的外觀，左下是

yì zhāng cǎo xí， yòu xià zé shì yí ge rén de cè miàn， xiàn zài de
一張草蓆，右下則是一個人的側面，現在的

「宿」 zì zé shì rén zài zuǒ biān、 cǎo xí zài yòu biān， zhè zài zhōng
「宿」字則是人在左邊、草蓆在右邊，這在中

guó wén zì yǎn biàn guò chéng zhōng shì hěn cháng jiàn de。 yòu yīn wèi zhù sù yào
國文字演變過程中是很常見的。又因為住宿要

zài yè wǎn tíng liú， suǒ yǐ 「宿」 zì yòu yǒu wǎn shang、 tíng liú、
在夜晚停留，所以「宿」字又有晚上、停留、

xiū xi děng yì si。
休息等意思。

gěi xiǎo péng you de huà：
給小朋友的話：

「宿」 zì yǒu lìng yí ge dú yīn
「宿」字有另一個讀音「xiù」（粵音「秀」）。

xīng xiù zhǐ de shì tiān kōng de liè xīng huò xīng zuò， nǐ yǒu guān kàn xīng xiàng de
星宿指的是天空的列星或星座，你有觀看星象的

xí guàn ma？ nǐ néng gòu rèn chū nǎ xiē xīng zuò ne？
習慣嗎？你能夠認出哪些星座呢？

100

◎「宿」字的演變過程：

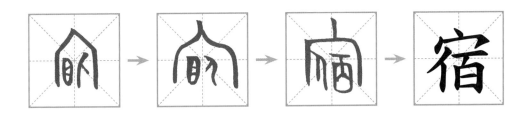

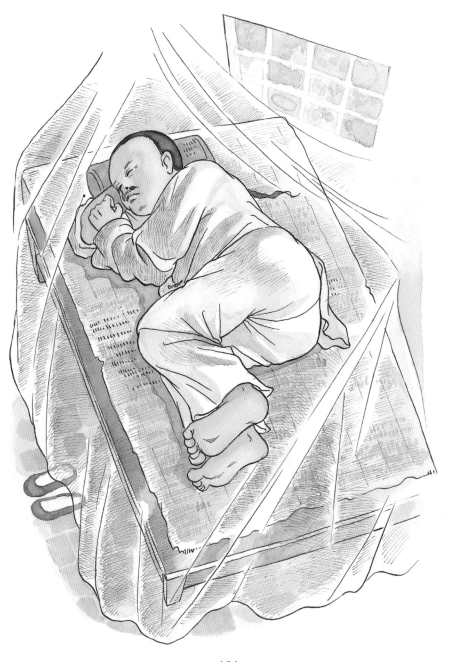

zuò

坐

「坐」字最早的字形只能追溯到小篆，畫的就像兩個人對坐在土上的樣子，椅子是漢代以後才發明的，所以古人大多是席地而坐，或像日本人那樣跪坐着；後來「坐」字再加上一個「广」的偏旁，就成了「座」字，「广」有在屋子裏的意思。在郊外席地而坐，在屋子裏可以坐在椅子上，所以「座」字就有座位的意思。

給小朋友的話：

有聽過「井底之蛙」的故事嗎？住在井底的青蛙只看到一小片天空，卻很高傲的以為看到了全世界，這就是得了「坐井觀天」眼光狹小的毛病噢！

◎「坐」字的演變過程：

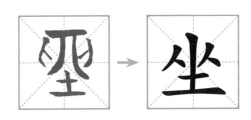

dǎo

導

「導」的意思是在前面引導，讓被帶領的人可以順利地到達目的地、不會走上岔路。在金文裏「導」字畫的就是一個人「」（用「首」來代替人，「首」就是「頭」）走在大馬路中間「」（即「行」字，指四通八達的道路），後面伸出一隻手「」來牽引需要被帶領的人。以現在的字形來看，「導」字是由「道」和「寸」組合成，「道」是可行的道路、「寸」有手的意思，一樣表達帶領、領導的意思。

給小朋友的話：

學校中有許多老師都是可以帶領我們學習及輔導我們處理各種事務的人，所以有任何問題都可以請教老師噢！

對 duì

當你看古裝劇時，有沒有注意過臣子向皇帝進奏時，手中都會拿着一條長長的板子？那條板子稱作「笏」，上面可以寫一些準備向皇帝進奏的事情，以便當皇帝問起時可以對答如流，「對」本來的意思就是對答，左邊是一條笏的形狀，右邊的「寸」就是手，「對」就是用手拿笏來應答、對答的意思。

給小朋友的話：

詩仙李白很喜歡飲酒，也愛月亮，他在《月下獨酌》這首詩中有一句「舉杯邀明月，對影成三人」，可是其實只有他一人在喝酒，你知道另外「兩人」在哪裏嗎？想一想。

◎「對」字的演變過程：

chī
吃

「吃」字的本意是指「口吃」，口吃是指說話不能順暢流利。所以在「吃」字的原始造字字形中，就把口吃的特色表現出來了——「吃」的左邊是「口」，右邊是「气」，就是說話時由嘴巴吐出來的氣，形體是彎彎曲曲的，含有氣不能伸直的意味，用來表示說話是不順暢的，也就是「口吃」。

給小朋友的話：

有些口吃的人先天在發聲器官上就有一些障礙，所以我們面對說話口吃的人千萬不能嘲笑他，要耐心地聽他把話說完並鼓勵他勇敢說出來。

吃 → 吃

nù
怒

「怒」字的由來很有趣，它的上面是「奴」，「奴」字是由「女」和「又」（手的意思）組合成的，表示不停地操勞做事的奴婢，下面是「心」字，是指奴婢的心情。一個必須不斷操勞、又容易被責罵、鞭打的奴婢，她的心情當然是很容易不高興、生氣的，所以「怒」字就有生氣的意思。

給小朋友的話：

你知道什麼叫作「EQ」嗎？就是「情緒智商」的意思，一個很容易發怒的人情緒智商是很低的噢！

◎「怒」字的演變過程：

shī

尸

「尸」是「屍」的古字，在甲骨文裏畫的
就像一個人死去後躺着，永遠不會再起來的樣
子。「尸」字還有另一種說法，就是古代在祭
祀祖先時，都要找一個活人來代替祖先端坐在
那裏，接受別人的祭拜，這個代表祖先身分的
人就稱作「尸」。後來為了特別強調這個「尸」
是已死去的人，就再加上一個「死」字。

◎「尸」字的演變過程：

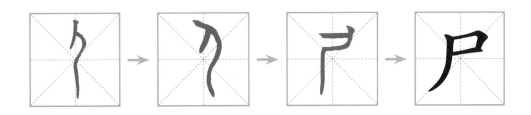

屎 shǐ

人是吃五穀雜糧生存的，因此在消化吸收營養後，也會將廢物殘渣排泄出來。「屎」就是人體由肛門排泄出來像米糊狀的穢物，也就是俗稱的大便。「屎」字的金文字形也很有意思，左邊是一個人把屁股略為翹高的樣子，右邊則是他所排泄出來的穢物。

給小朋友的話：

你有沒有養成每天排便的習慣呢？平時要多吃青菜水果，這些富含纖維質的食物將有助於你的腸胃蠕動，讓你排便順暢噢！

屎 → 屎 → 屎

niào

尿

甲骨文的「尿」字畫得很有意思，看起來
就像一個人側身站立着灑尿的樣子。「尿」是
一種液態的排泄物，身體裏有許多多餘或有害
的物質經腎臟過濾後，再由尿道排出來，這些
被排出來的液態物質就是「尿」。「尿」字是
由「尸」與「水」組合成，不過「尸」字在這
裏不是指屍體，而是用來表示人體的意思。

給小朋友的話：

憋尿對身體不好，也很容易得膀胱炎、尿道
炎或腎臟炎，假如出門在外你不敢自己去上廁
所，一定要請人陪你一起去，不要忍着噢！

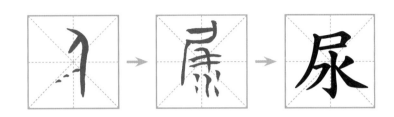

sǐ
死

rén sǐ diào hòu jīng shén yì shí dōu huì xiāo shī　 jiù shèng xià ròu tǐ
人死掉後精神意識都會消失，就剩下肉體

ér yǐ　 dàn shì ròu tǐ fàng jiǔ le yě huì fǔ huài　 zuì hòu jiù zhī shèng
而已；但是肉體放久了也會腐壞，最後就只剩

xià gǔ tou　 zài jiǎ gǔ wén li 「sǐ」 zì de yòu biān huà de shì rén
下骨頭。在甲骨文裏「死」字的右邊畫的是人

sǐ hòu yǐ jīng huǐ huài de gǔ tou　 zuǒ biān zé shì yí ge rén guì zài nà
死後已經毀壞的骨頭，左邊則是一個人跪在那

lǐ jì bài tā de yàng zi　 hòu lái zì xíng jiàn jiàn yǎn biàn　 zuǒ biān de
裏祭拜他的樣子。後來字形漸漸演變，左邊的

「dǎi」 jiù shì cán liú yǒu liè hén de gǔ tou　 yòu biān zé shì qǔ
「歹」就是殘留有裂痕的骨頭，右邊則是取

「huà」 zì yòu bàn biān　 biǎo shì rén sǐ hòu jiù huì yǔ huà bù huí lái
「化」字右半邊，表示人死後就會羽化不回來

le
了。

zōng

宗

古人對祖宗非常尊敬，都會另外蓋一間宗祠來供奉歷代列祖列宗的牌位，並且還請人特別看顧、處理宗祠的一切事務，以表達慎終追遠的敬意。「宗」字就是指擺放祖宗牌位的屋宇，上面的「∧」畫的是宗祠的外觀，裏面的「丁」則表示祖先的神主牌。古人認為人死了之後就具有超自然的力量，因此遇到難解的問題時，就會向祖先請示，所以表示神主牌的「丁」也寫作「示」。

給小朋友的話：

你參觀過一些家族的宗祠嗎？每個家族都有一段屬於自己的奮鬥故事。你可以請父母告訴你有關祖先的故事。

◎「宗」字的演變過程：

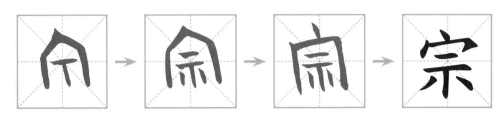

jì

祭

祭祀的時候，通常都會準備豐盛的酒肉給神靈享用，並向祂們祈福消災，因此「祭」字的甲骨文畫的就是一隻手「⋧」拿着酒「ⅱ」肉「ᗡ」的樣子；字形演變到了金文時，省略掉酒，加上了「示」來表示神靈，再慢慢演變到小篆時，字形就跟現在所寫的「祭」字更接近了。

給小朋友的話：

你知道中國每個節日祭拜的神靈都不一樣嗎？每個祭拜的節日都有一個由來的故事噢！可以請父母告訴你這些有趣的民間故事。

◎「祭」字的演變過程：

山山 → 祭 → 祭 → 祭

123

zhù

祝

「祝」在古代是指祭祀的時候負責唸禱告辭的人，現在的廟裏也還有「廟祝」，在祭祀時擔任祈禱的任務。「祝」字的左邊是「示」，「示」字的上面是「二」，表示上天，下面的三豎表示日月星，因為古人認為萬物都有神明，所以就用日月星來表示從天而降的神靈。「祝」字的右邊畫的是一個人在神明前跪拜的樣子，人上面的「口」畫得特別大，則是強調他正在唸禱告辭。

給小朋友的話：

過年時晚輩都會向長輩祝壽，祈求他們長命百歲；平時我們也會給人祝福，這時的「祝」字就有祈求的意思，這是從「祝」字的本意衍生來的。

◎「祝」字的演變過程：

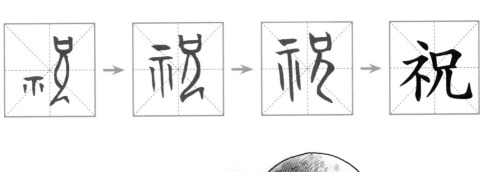

zhào

兆

古人在面對不可知的事情時，喜歡求神問卜來斷吉凶，再依據所求得的吉凶預兆來決定該如何應對。最常被用來驗吉凶的器具就是龜甲或獸骨，方法是先用尖銳的東西在龜甲或獸骨上鑽一個小洞，再放在火上燒烤，燒烤後龜甲或獸骨上就會有裂痕，然後根據裂痕的跡象來解釋占卜的結果，也就是「徵兆」是吉或凶。所以「兆」字就是根據龜甲或獸骨上的裂痕樣子造的。

給小朋友的話：

當你在成長過程中，碰到不能解決的問題時，不妨告訴父母師長，他們可以協助你面對與解決。

◎「兆」字的演變過程：

kùn

困

shù mù de běn xìng shì zhī yè xiàng shàng shēn zhǎn shù gēn wǎng xià fā
樹木的本性是枝葉向上伸展、樹根往下發

zhǎn jiǎ rú yòng yí ge dōng xi bǎ shù mù de sì zhōu wéi qǐ lai ràng
展，假如用一個東西把樹木的四周圍起來，讓

tā wú fǎ zài wǎng shàng xià zuǒ yòu shēn zhǎn zhè kē shù jiù děng yú bèi xiàn
它無法再往上下左右伸展，這棵樹就等於被限

zhì zhù tā de běn xìng méi bàn fǎ zài hǎo hǎo de bīn xù fā zhǎn le
制住它的本性，沒辦法再好好的繼續發展了。

kùn zì jiù shì yì kē shù de sì zhōu dōu bèi bāo wéi xiàn zhì zhù de
「困」字就是一棵樹的四周都被包圍限制住的

yàng zi suǒ yǐ kùn yǒu kǔ nán bī pò yōu chóu de yì si
樣子，所以「困」有苦難、逼迫、憂愁的意思。

---

gěi xiǎo péng you de huà
給小朋友的話：

wǒ men yào bǎ xué xí dāng chéng zhōng shēng de xìng qù yīn wèi shì jiè shang
我們要把學習當成終生的興趣，因為世界上

de xué wèn shí zài tài bó dà jīng shēn le suǒ yǐ dāng wǒ men yù dào kùn huò
的學問實在太博大精深了，所以當我們遇到困惑

shí jiù yào qù xué xí tū pò yě jiù shì gǔ rén suǒ shuo de kùn ér
時就要去學習、突破，也就是古人所說的「困而

xué zhī
學之」。

◎「困」字的演變過程：

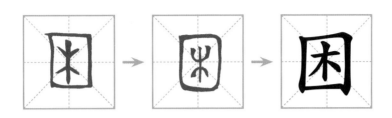

qiú

囚

把人關在牢獄裏，那個人就變成了囚犯，所以「囚」字畫的就是把一個人關在一個四周都圍繞密合起來的地方，用這種方式來限制他的行動和自由。「囚」字從甲骨文時就已經產生了，可見囚犯制度是從殷商時期或更早以前就有了。

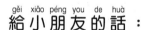

給小朋友的話：

「囚」字的外面是「囗」，是表示四周圍繞密合的意思，所以凡是有「囗」偏旁的字大多有限制或包圍、圍繞的意思，例如固、圈、園等。

囚 → 囚 → 囚

中國文字的演變

你知道最古老的中國文字是什麼嗎?目前所知中國最早有系統的文字是甲骨文。為什麼要在骨頭上刻字呢?這是因為古人很迷信,認為天地鬼神有神祕不可知的力量,所以要先問過祂們的旨意,才能安心做事;尤其到了商朝的王室貴族,更是每件事都要問,有時同一件事還要問很多遍!

他們怎樣問鬼神呢?其實就是用占卜的方式,但這過程有點繁複:首先要把龜甲獸骨洗乾淨、切成適當大小,再磨平、磨光,然後在背面鑿出一條條的小溝槽,溝槽旁再鑽一個個小小的圓穴,溝槽跟小圓穴都距離正面很薄,可是又不能穿透!這塊處理好的龜甲或獸骨先交由掌管占卜的人保存。等到挑了良辰吉時要開始占卜,就把這塊甲骨拿出來,用火烵去燒小圓穴,便會有很多裂紋出現,這些裂紋就叫「卜兆」,然後商王或史官就會根據裂紋的形態來判斷吉凶禍福,並把要卜問的事刻在甲骨上,這就是甲骨文。

甲骨文一直到清朝末年才被發現,那時還被中藥舖拿去當成藥材用呢!而這些甲骨,不知那些用了龍骨的人有沒有聰明一點兒?

中國文字演變到商周時期,就成了金文。金文就是刻在銅器上的文字,因為古人把「銅」稱作「金」,所以這些文字也稱為「金文」;又因為用銅鑄成的鐘、鼎等禮器受到人們的重視,所以這一類的文字也稱作「鐘鼎文」。

中國文字到了春秋戰國時期,因為諸侯國想要稱王問鼎中原,所以連年征戰,文字的流通也受到阻礙,各小國

的文字形體演變各不相同。一直到秦始皇統一中國，才接受丞相李斯統一文字的建議，把秦國原來使用的「大篆」稍加改變，使文字的結構和筆畫更穩定，然後向全國推行這套文字，這就是「小篆」。

後來的「隸書」則是由小篆簡化演變過來的，因為秦朝的官獄職務繁忙，要抄寫的案件太多，就把小篆圓潤的筆畫改成方折的筆畫，成了「隸書」。中國文字演變到隸書，造字原則被嚴重破壞，很多字因此看不出原本造字的原理。

隸書流行不久後，「楷書」也出現了。楷書的「楷」字，就是楷模、模範的意思。因為它的字體方正，筆畫平直，可以當作楷模，所以也被稱為「真書」、「正書」，楷書到目前為止，仍然是標準字，也是你所常見的字體。

至於草書和行書，則是為了方便書寫而演變出來的字體。「草書」就是指草寫的隸書，形成於漢代；行書則是介於楷書和草書之間，不像楷書那樣端正，也不像草書那樣潦草，是日常常用的一種字體。

知道了中國文字的演變過程，對於我們現在所使用的文字，有沒有覺得更親切了呢？它們可是祖先們從很古很古以前，就傳承下來留給我們的無價之寶哦！

◎中國文字的演變

甲骨文 → 金文(鐘鼎文) → 篆書 → 隸書 → 楷書、草書、行書

全書索引

有故事的漢字
走進生活篇

編　　著 / 邱昭瑜
繪　　圖 / 郭璧如
責任編輯 / 甄艷慈　潘宏飛
出　　版 / 新雅文化事業有限公司
　　　　　香港英皇道 499 號北角工業大廈 18 樓
　　　　　電話：（852）2138 7998
　　　　　傳真：（852）2597 4003
　　　　　網址：http://www.sunya.com.hk
　　　　　電郵：marketing@sunya.com.hk
發　　行 / 香港聯合書刊物流有限公司
　　　　　香港新界大埔汀麗路 36 號中華商務印刷大廈 3 字樓
　　　　　電話：（852）2150 2100
　　　　　傳真：（852）2407 3062
　　　　　電郵：info@suplogistics.com.hk
印　　刷：振宏文化事業有限公司
版　　次：2015 年 6 月初版
　　　　　10 9 8 7 6 5 4 3 2 / 2015

ISBN：978-962-08-6332-5
©2015 Sun Ya Publications（HK）Ltd.
18/F, North Point Industrial Building, 499 King's Road,
Hong Kong
Published in Hong Kong